AF340987

RÉFLEXIONS

EN VERS

SUR L'HEROÏSME.

RÉFLEXIONS

EN VERS

SUR

L'HEROISME.

L'honneur fait les Héros, l'intérêt les Brigands.

Moy.

A BERLIN,

M. DCC. LVI.

AVERTISSEMENT

DU

LIBRAIRE.

Trois Réflexions.

La premiere, fur le mot *Conquerant* ;

La feconde fur celui de *Brigand* ;

Et la troifiéme fur celui de *Heros*, me font tombées entre les mains.

Je les ai réunies & leur ai donné le nom de *Reflexions fur l'Heroifme.*

Les imprimer à l'infçu de l'Auteur,

A ij

c'est , sans doute , lui donner lieu d'être mécontent : j'espére que l'approbation du Public me servira d'excuse.

A

LA RAISON.

To i qui nous éleves au-deſſus des autres Etres créées, ſublime Raiſon, le nuage qui te couvroit eſt diſſipé ; ton flambeau m'éclaire , je te ſuis. Un Temple s'ouvre ; Quel ſpectacle majeſtueux s'offre à mes regards ! Une multitude de Sages proſternés au pieds des Autels adore en ſilence la Divinité qui y préſide. Mais , quoi … veut-elle ſe cacher à mes yeux ? . . . Le myſtere la couvre de ſon aîle. La Gravité , ſœur de l'Orgueil eſt aſſiſe à ſes côtés , & ce dernier eſt le marche - pied ſur lequel

A ij

elle s'éleve. *Ah ! m'écriai-je , est-ce là cette philosophie que j'ai cherchée jusqu'à présent sous tes auspices ? Où est donc la vérité que tu avois promis de me faire voir ? Hélas ! je promene vainement mes regards de tous côtés ; rien ne m'annonce ici sa présence. Où faut-il aller pour la trouver ?*

Tu vois deux chemins , me répondit la Raison ; celui qui se présente à nous est le plus fréquenté ; c'est ici que se trouve l'assemblage bizare & monstrueux des Systêmes ; disons mieux , des Romans que les Philosophes ont inventés pour enseigner aux autres à connoître cette verité qu'eux-mêmes ont ignoré.

Vois ceux-ci , embarrassés dans leurs Tourbillons , chercher des faux-fuians pour en sortir.

Regarde ceux-là adresser des prieres au hazard ; ils craignent que les atômes dont le concours les a formés ne se divisent.

Ecoute les autres enfin , qui trouvent tout bien , & qui se plaignent du mal qu'ils éprouvent ; qui trouvent tout juste , & qui murmurent contre les injustices auxquelles ils sont en proie.

J'interrompis la Raison pour lui demander si nous allions à la verité en les suivant . . . Au Pirronisme , me répondit-elle , leur science est d'apprendre qu'ils ne sçavent rien ; leur certitude est de douter de tout. Vois ces masses énormes de Volumes; le fruit que l'on peut retirer de leur lecture est d'augmenter le nombre de ses doutes. Ce sentier ou je t'ai conduit se nomme l'Etude des Sciences ; l'autre est l'ETUDE DE SOI-MESME: Tournons nos pas de ce côté.

C'est-là que la Philosophie triomphante vient offrir le paradoxe en holocauste à la Vérité ; c'est au pied de ses Autels que l'esprit de singularité vient faire amande-honorable : là J. J. R. se rétracte de tout ce qu'il a avancé jusqu'à present ; là il convient que brûlant de ſe faire un nom , l'air ſingulier qu'il a affiché , le deſintereſſement , l'humilité même dont il a fait parade étoient ſimulés.

Ici Touss. déſavoue les traits ſatyriquès qu'il n'avoit lancés que pour rendre ſon Ouvrage plus intéreſſant ; là le vernis des écrits de DID. diſparoît ; ici MONT. apprend qu'il eſt du devoir d'un Sage de ne rien dire qui puiſſe donner la moindre atteinte à la tranquillité publique.

C'eſt enfin dans ces lieux que l'homme apprend à ſe connoître, le Heros à ſe moderer , le Philoſophe à ſe perfeEtionneŕЯ.

A ces mots la Raiſon me préſenta une plume , & dans le ſanEtuaire même de la philoſophie je traçai les Réflexions ſuivantes.

PREMIERE RÉFLEXION.

SUR LE MOT CONQUERANT.

Uest-ce qu'un Conquérant ? Un
    mortel intrépide,
Né pour être obéi, des honneurs feuls
    avide,
Un ame généreuse, un cœur ambitieux,
Qui jette fur les biens un regard dédaigneux.
Trop grand pour s'abaiffer jufques aux injuftices ;
Trop fier pour recourir à de vils artifices,
Il veut que fa vertu, que fa propre valeur
L'éleve jufqu'au rang, qui feul remplit fon cœur.

Cefar retourne à Rome, & c'eft pour la défendre;
C'eft au nom de l'Etat que fe venge Aléxandre;
Et Charles en fa faveur interprétant les Loix,
Veut même que le Ciel approuve fes exploits

AINSI quelques raisons qui semblent légitimes,
Font briller leurs vertus en excusant leurs crimes.
Eblouïs par des traits de générosité,
Nous sentons devant eux rentrer notre fierté,
Et de leurs actions admirant la noblesse,
A leur fort malgré nous notre cœur s'intéresse ;
Ils nous volent l'encens dont nous sommes jaloux.

Si du destin contraire ils éprouvent les coups,
Nous payons leurs malheurs du tribut de nos
    larmes.
Si la terre à leurs pieds vient mettre bas les armes,
Du poids de leur grandeur on a beau murmurer,
Le cœur dit en secret qu'il faut les admirer.

SECONDE RÉFLEXION.

SUR LE MOT DE BRIGAND.

D'UNE voix étouffée, ô timide innocence !
Je t'entends dans les fers nous demander
vengeance ;
Tu frémis au seul nom de Thamas Koulikan,
Il fut Usurpateur, il dut être Tyran.
Grand par l'impunité, tes crimes font ta gloire,
Cruel ! quand le vaincu m'annonce ta victoire,
Le premier mouvement qui s'éleve en mon cœur,
Pour lui c'est la pitié, pour toi c'est la fureur.

Au milieu de la paix répendant les allarmes,
Dans l'espoir du pillage *Attila* prend les armes.
Barbare, que t'ont fait les Rois de ces climats,
Pour venir ravager leurs paisibles Etats ? . . .

Mais que vois-je ! une Ville en proie à ta furie,
Est coupable à tes yeux en servant sa Patrie.
Assouvis tes désirs, contemple ces lieux teints
Des tristes flots de sang qu'ont répandus tes mains;

Tous leurs tréfors ouverts & leurs jours fans
    défenfe,
Les rendoient, il eft vrai, dignes de ta vengeance
Que leur foibleffe encore irrite ton courroux ;
Pourfuis . . . que tout ici périffe fous tes
    coups.

Tu peux de ton efprit étaler les foupleffes,
Te fervir de la paix pour ravir leurs richeffes ;
Mais ne crois pas monter au rang des Conquérans,
L'honneur fait les Héros, l'intérêt les Brigands ;
C'eft lui, c'eft fon efpoir qui nourrit ton courage,
Qui rallentit ta haîne ou fouleve ta rage.

Guidé par l'avarice & la férocité,
Mêlant l'hipocrifie avec l'impiété,
A l'amitié perfide, à l'intérêt fidele,
Tu furpaffes l'Anglois que tu pris pour Modele.

TROISIÉME RÉFLEXION.

DISTINCTION DU CONQUERANT
ET DU HÉROS.

LE grand homme à l'honneur va par d'autres
     sentiers,
Un si vil intérêt flétriroit ses lauriers,
Justement embrasé du feu de la vengeance,
Ce n'est que dans le sang qu'il lave son offense.
Rien ne peut arrêter les flots de son courroux;
Mais voit-il son rival tomber à ses genoux,
A-t-il fait sur son front chanceler sa Couronne,
Le Conquérant punit ou le Héros pardonne.

Charles victorieux n'étoit qu'un Conquérant,
S'il eût sçu se calmer il eût été plus Grand.
Quand je pense aux malheurs qui traversent sa vie,
Mon cœur en le plaignant condamne sa folie.
Je frémis du Vainqueur qui poursuit Darius,
Et j'admire un Héros dans l'ami de Porus.

Que l'Anglois méprisé, respirant le carnage,
Promene sur les mers son inutile rage;

Quand l'Indien fougueux s'abreuve de son sang;
Quand on voit de son lit déborder un *torrent*
Que du *froid* Hollandois le timide silence ,
Ménage l'Angleterre en respectant la France.

Pardonner quand on peut ne punir qu'à propos ,
C'est imiter Louis, c'est agir en Héros ;
La premiere conquête est celle de soi-même ,
Et le plus grand des Rois est celui que l'on aime.

Par M. DE SAUVIGNY.

www.ingramcontent.com/pod-product-compliance
Lightning Source LLC
LaVergne TN
LVHW021058050726
842519LV00005B/1715